時間的零件

蘇紹連詩集

COMPONENTS IN TIME

新世紀美學 出版

推薦序

少年漫遊

嘉義大學中文系副教授　陳政彥

班雅明在《發達資本主義時代的抒情詩人》當中以波特萊爾為代表，說著詩人如何在資本主義崛起的新時代裡被遺棄。他們跟不上資本主義的邏輯，無法成為搶手的商品，於是成為漫遊者，在信奉商品拜物教的都市裡遊走，與都市中同樣無法被商品化的其他人們一起蜉蝣。波特萊爾是詩人，或者像偵探，像是被放逐的波希米亞人，更像是賭徒，而終交疊的形象是拾荒者，一個被人遺棄的人，撿拾著被人遺棄的商品。

展讀《時間的痕跡》，沉潛文字內外，縈繞不去的印象，始終是班雅明筆下的漫遊者。蘇紹連總是拿著照相機，踱步大街小巷，水澗山旁，認真捕捉那些切入人們心坎，卻又無以名狀的視野，或許是被棄置的旋轉木馬橫倒黑白泥濘，又或金黃麥穗在蔚藍天空搖曳姿態。蘇紹連緩慢移動，讓風景緩慢流經他的意識，如〈慢車道〉中說：

我喜愛在慢車道，行駛

穿梭河岸樹之上
白鷺的羽毛從巢穴裡散落
一根與雨水結合的杆子
像濕了翅膀的身體
倒映之影，貼在車窗

記憶裡的他似乎始終飄移行走，是有方向之流浪，又恍若前往虛無之地的追尋，更精準地說，蘇紹連是一個名符其實的漫遊者，在文字與時間，影像與記憶，既不真實卻也不不真實的台灣當中漫遊。

拾荒者

時間是我們欣賞《時間的零件》當中詩作的主要脈絡，詩人對時間的省思感嘆，具體地透過一篇篇詠物詩構成，輯三的「百年包裹」與輯四「靜物顫抖」主題頗聚焦於此，精鍊驃悍的小詩，以極優美字句詠嘆生活中毫不起眼，甚至往往隨手丟棄的物品，如寫最常見不過的〈灑水壺〉：

你以一肚子的墨水
書寫，方式是揮灑自如
全都傾囊相授，這些成語
轉不轉化，都詩了
都詩了，我們文字了
從靈肉裡長出的身影
如草，吸吮著你的恩澤

在諧音與奇巧譬喻安排之下，隨處可見的灑水壺也轉化為文字的藝術品，被記錄著、記憶著。於是筆、鐘、燈、衣架，電風扇或者鈕扣，截角、雨傘與電報，詩人是這麼煞有介事地詠嘆著生活常見物品，或許它們轉瞬就要被拋擲棄置，成為誰也不會多看一眼的垃圾，但是詩人就這麼慎重地在詩集中寫著它們。

詩人精心挑選撿拾被物質文明資本主義所揚棄的物品，在更新更炫更昂貴的新貨才有存在價值的市場邏輯裡，帶有歷史陳跡的陳舊物品就是垃圾，古物是人們遺忘，時間沖刷下的沉澱物，唯有詩人以拾荒者的心情一一審視，而終以詩解脫了古物們被遺忘被遺棄的命運。

歷史是垃圾的原罪，卻也是詩人抵抗資本主義的根據之一，班雅明詮釋詩人與拾荒者同流，正因為他們的撿拾與保存同樣違背了現代資本主義價值觀，又或者蘇紹連正透過這點，尖銳凸顯了當代價值觀的荒謬。〈百年包裹〉詩組衍自新聞事件，挪威烏塔鎮長在 1912 年彌封包裹，要求百年後才能打開，時值 2012 年，現任的烏塔鎮長在眾所期待下開封，卻只發現布條、圍巾、記事本及報紙、文件之類的平凡東西，蘇紹連遂以包裹內的平凡物品一一為題，例如〈報紙〉：

空間很薄
時間很厚

前者送進碎紙機，絞碎，細雪
後者堆疊，城牆，阻擋，焚化

歷史，很薄，很厚

一份百年前的報紙，其脆弱的物質存在，輕易即可消滅，但是這份延續百年的歷史感觸，又豈僅止於幾張薄紙而已，一如歷史可以很薄也可以很厚，一如所有古蹟在台灣的存在一樣，有人希望保存，更多時候被絞碎。於是詩人踽踽獨行，用文字用相機，用詩心拾起世俗忽視的垃圾，珍重存放在詩的國度裡。

波希米亞人

十九世紀法國巴黎街頭，有一批閒散優游，不願意受限於傳統的藝術家，稱為波希米亞人，他們現實生活困苦，在精神層面卻活得優渥富有，醉心創作詩歌戲劇，為了追尋靈感，在租賃處與街頭小酒館之間流浪。蘇紹連的日常也頗似如此。聽聞台中大雅的麥田穗芒極美，詩人隨即動身前往親炙美好光影，〈烈日讀芒〉寫道：

我們一致的想法是
相互贈予體內的器官，例如
思維，例如感覺，例如

呼吸。我喜歡你的呼吸
就摘取給我吧。也可能
你也喜歡我的呼吸

這樣唱和一起一落的調
我們模擬著一吸一吐
這樣用呼吸讀著體內的
颼颼飛行的芒，讀著
騰騰升起的暖，也可能
在南方只是這樣過日子

在詩人的想像裡，麥芒與詩人互通聲息，交換器官的奇想與田園風光相映成趣，柔和溫暖的筆觸，簡直不像蘇紹連的詩，更讓我們看到詩人詩風不同面向。蘇紹連以《驚心散文詩》成名於詩壇，唐捐曾撰文分析，指出蘇紹連上紹洛夫、商禽超現實主義的痛感書寫，自己於其中揉入自己的現實關懷，下啟發唐捐更激進瘋狂醜怪的詩作狂飆，驚心與痛楚彷彿成為蘇紹連風格的代名詞。

但是蘇紹連其實不乏〈烈日讀芒〉此類柔和抒情的詩作，在《時間的零件》中亦多可見。

但抒情柔美只是蘇紹連詩作的其中一面，身為戰後出生第一代的詩人，始終懷抱強烈的現實關懷，長年來蘇紹連毫不間斷在詩中埋伏對當權的批判，對弱勢者的關懷。如詩人借尾生抱柱的典故，寫〈漲潮〉：

鳥獸失聯，漲潮不退
世界皆將抱樑柱而覆滅
漲，蜉蝣在漂沙中告別
河口變成喉嚨不斷嗚咽
漲，城市漲，工廠漲
學校漲，道路漲，機場漲
電影院漲，漲，餐廳漲
人民下沉，聲息被埋
然後漂流，土石，洪荒
換成另一個世紀

在資本主義邏輯之下，讓市場自由發展運作，勢必是貧者越貧、富者越富，加上失能的政府不知是無力節制，還是有意放任，物價上漲之潮已勢如洪水，即將吞滅萬物，詩的比喻傳達出詩人對政府的不信任，對政治的不滿。其實班雅明也談到波希米亞人悠閒流浪只是表象，從十五世紀起逐出家國，異地流浪的波希米亞人，總是在密謀計畫顛覆體制。一如波希米亞人，波特萊爾始終站在政府、體制的對立面，乃至被迫害下獄，始終堅持為藝術而藝術。於是詩人不輕信任何國家至上世界和平的口號，各種遠大的口號總只淪為各種蹩腳政府的裝飾品，於是蘇紹連在〈我的身體我的國家〉當中說：

世紀之交的夜晚
失去的土地，暗中返回
在黎明發表一面旗幟
像上升的靈魂，張開
眼睛，俯瞰汪洋大海
水不如此之廣，思想
就不如此浩瀚

不如此，就有一種悲哀
颯颯的悲哀，大雁蒼鳴
就會回到我的身體裡，躺下
變成我的靈魂，注視著
我的身體
變成國家

唯有浩瀚蒼茫的思想與自己的身體才是自己的國家，想來，這才是詩人唯一的國籍，波特萊爾如是，蘇紹連亦然。

偵探

在班雅明的筆下，十九世紀的巴黎街頭還有一種職業的人漫遊著：偵探。都市興起改變了人與人之間相處的方式，夜不閉戶守望相助的農村時代已消逝，大量互相不認識的人群聚在都市裡，各種駭人聽聞的罪惡在都市中滋長，每個人都是彼此的陌生人，突如其來的惡意不需要任何理由。犯罪之後，罪犯隱匿在人群中，難以找尋無法定罪。於是偵探成為都市中的漫遊者，看似閒蹓抽菸發呆，實則專注冷靜觀察人群，不放過任何一個蛛絲馬跡，希望偵破懸案。詩人也與偵探一樣，看似信步慢走，其實正在追跡證據，思考那些關於自我、時間、文明的問題，拼湊所有不可解之謎團的解答。

在蘇紹連的詩作中，「分裂為二的自我」是反覆出現的母題，早在《驚心散文詩》階段裡常可看到「突然驚覺自己不是自己」正是蘇紹連許多首散文詩的詩意架構，而後蘇紹連再次在《孿生小丑的吶喊》，以語言混搭形式，再次演繹此自我分裂的狀態。在《時間的零件》中，蘇紹連透過散文詩組詩〈超友誼筆記〉再次思辨自我與自我的關係，〈超友誼筆記5〉：「你我同住同行，是同志，也非同志，是單，也是雙。你我合體合形，是本尊，也是分身，是實，也是虛。你我寫的詩一齊競逐，一齊排比，是分，也是合。」這裡的我和你，可能指涉彼此心靈相通的詩友，相知相惜相似到竟同本尊分身的程度。但從另一方面思考，也可能是詩人靈魂的自我分裂，所謂矛盾掙扎，每個人的內心或多或少都有輕微人格分裂，而最後〈超友誼筆記18〉：「你我分別那些年，冬季收押了大地的色彩，只留白色在書寫，黑色在佈局。白色是火，黑色是水，唯你我的身體可以燃燒，可以流淌。在你我分別那些年，靜靜地等待春季。」時間終將收去一切所有權，但不管主客分合，寫作本身是最終的救贖，讓人能等待春天。

詩人也思考關於文明的困結，科技究竟將引領人們前往美好的未來，亦或走向人類物種的滅絕。在〈牛雕鐵器〉中，詩人誠懇地說：

有了鐵，就出現了咆哮
與所有沉默的力量
進入了沉默的黑夜
一起在他們的生活裡
懇求轉變為刀子、鐽子、鍋子
把時間當作天然的食物
餵養，並且堅持
喜歡做他們的姊妹

喜歡在溫暖的心臟裡
隱藏一個故事的文本

包括多年來未曾掘出的
一座鐵的森林
並且烙印在他們的皮膚上

鐵器發明，象徵人類文明的重大里程碑，但是隨之而來的死亡與殺戮，竟又千百倍於原始時代，為什麼人類不能只讓鐵成為生活便利的道具，成為紋著故事與畫的藝術品，是否這樣文明也會有另一種截然不同的結果？

在這狂妄粗心卻又雜揉了自卑與無知的臺灣，在這因看不到遠大前景而極大化所有瑣碎細節的現實，在這詩文葳蕤繁茂但卻已不見參天古木的詩壇。彷彿一切問題都有簡單的答案，但是細審答案，卻又成為另一個費解之謎面，墮人五里霧中。於是漫遊少年成為偵探，試圖破解不可解之謎團。最終交出了一冊冊詩集，看似甚麼都沒有回答，但也許，所有問題的答案都在這一首首令人醉心炫目的詩當中。

自序

零件的零件

Ⅰ、零件生活

我的事物散亂瑣碎，只是一堆零件。
我的時間斷斷續續，只是一堆零件。
我的思維隨意迸發，只是一堆零件。
我的情感到處流動，只是一堆零件。
這樣的我，是生活在無數的零件堆積中。

Ⅱ、零件空間

零件入侵我的生活空間，佔據我空曠的視野。
為了救我生存的空間，我需要許多個收納盒。
收納盒裡有許多格子，可以將零件分類後放入。
或者像是建築一座城堡，讓每種零件居住在裡面。

但不要，不要變成零件公寓或牢獄。

Ⅲ、零件組裝

零件是組成物品的不可拆分的基本單元：孤寂。
零件與零件，愛與被愛，必須能發生貼合的關係。
為了讓關係正常，組裝得有一定的程序：先友後婚。
組裝呈現了一種結構，有結構才形塑為物品：想起未來的家。
組裝必須要有多種結合關係，才可以完成真正的組裝：社會。

Ⅳ、零件生命

零件不能獨活，沒有組裝就不能成為生命。
組裝後的零件，被主體所用，產生動力，這才是活著。
零件有用時，就有了生命，無用則代表生命結束。

生命的零件、功能，就像汽車那樣自然老化。
將死掉的零件拆卸，丟棄，或是築墳祭悼與懷念。

V、零件化身

我就是個零件，把我擺在哪裡，我就在哪裡使勁。
我可以成全主體的一切，也可以毀滅主體的一切。
化身為一棵樹，也只不過是風景的零件。
一個人，也只不過是一條街道文化的零件
零件化身為萬物，卻在時間的手裡。

VI、零件詩想

寫詩，先檢選零件。什麼是詩的零件？
雨的零件在哪裡？將雨拆解後，零件是什麼？
時間的零件在哪裡？將時間拆解後，零件是什麼？

寫詩，是一種讀零件圖並將零件組裝的過程。
每個詩句都是一首詩不可替換的零件。掉落的零件呢？

時間的零件

目次

輯二・夏令農莊

時間的零件

目次

時間的零件

目次

一個時候，僅僅一個詞就有夢幻發生，像我們的約定。

輯一　風雨欲來

零件物語十二則

1、〈你不過著零件生活〉

因為你不再
獨身了

2、〈你只欠一個零件〉

東風不來
你就動不了嗎

3、〈你不想換零件〉

為了享受
你老化的美感

4、〈你的零件被盜〉

監視到的
卻是你自己伸進去的手影

5、〈你訂製了一個新零件〉

未雨
你卻酬　了生鏽的後事

6、〈你的零件停止生產〉

而今而後
你再也沒有第二個春天

7、〈你的零件必須活著的方式〉

插入，吻合，扣緊
你在群體裡的一生如此

8、〈你給零件編號〉

捨棄你的名字
領取了囚犯的號碼牌

9、〈你暗藏一個相同的零件〉

世界上總有另一個自己
你憐惜了孿生

10、〈你的零件構造圖〉

看見形骸分解
遂想逐步去尋回你的容貌

11、〈你和零件說話〉

用一種腹語
將情話傳達到你的耳裡

12、〈你的零件墳場〉

你也躺下
是埋在畫布裡最初的筆觸

約定

我們到太平洋去畫粉紅色的鯨豚
在一封信裡，有許多寫錯的名詞

我們到南台灣的一個地址裡去找一枝筆
火車離開海岸線，行駛在橘黃色的海中

我們需要動詞讓植物動起來
閉著眼，島嶼模仿鯨豚形象

我們需要想念遠方的風
濕地的皮膚被鋼琴焚燒

一個時候，僅僅一個詞
就有夢幻發生，像我們
的約定。

到回收場去

不要提醒我搭乘
貨車裝載的貨物
木頭和老玩具，地毯，自行車
到回收中心

我通過酸疼的森林和上午
不幸地，我必須在明天重新開始
完成地面的石渣清理
雨季來臨之前
拿走牆壁的苔蘚

我聘用一位微型挖掘者
在星期日，他到達我的肩膀上
像一把梳子，如何操作

應該是樂趣的

如何像獨輪車上山坡
篷布裡的雲彩，或許是表情
或許繩索是語言
或許眼淚需要戴著手套
才會忘記擦拭

他想要被絕緣，鐵鍬
進入泥土，清除一條床單
陽光是潔白的粉末，飄浮在
文字間，乾淨的鞋子
整齊排放在床底

回收中心就在附近
我的影子被放棄在車庫裡
（漫遊，我以前拍攝了多次的）

那些魚一定是與許多被忽略的大廈
躲在角落

我大概不會有機會
在今後幾天出去
風景奪取某些圖像
同時放棄湖水的岸
我不認為我會信任
我的生活對這些波狀的顫抖
無法回收

風雨欲來

翻閱著你的詩集
如同翻閱
窗口的雲層
詩行裡密藏的閃電
和雷聲
將會大作

我在海邊的小鎮
靠著你的詩集生活
會有一些
文字的震撼
像陌生的候鳥
驚飛而去

我再也不用盪漾的心
去盪漾天空和海的顏色
因為風雨
會在你的詩集裡
狂飆不停

關於坐在岸邊的我

昨天從我的旅行袋裡
找到一些鴿子，和下水道
需要成為某一幅繪畫的
線條、色彩，形狀的
飛翔和流向

關於坐在岸邊的我
是「被忽略的」系列的一部分
水中的倒影仍在處理
時間的空椅子，折斷的波紋
漂浮，如一片落葉

想像一趟國境之外的旅行
由於殘破的城市，不知
怎麼出現兒童的眼睛，黑色的
藍色的，褐色的，灰色的

像旗幟，他們全都是
天空滴下的雨水

當我聽見，微弱的噪音是門的呼聲
當我聽不見，被修理的汽車是因為睡眠
當我聽見，油漆追蹤柵欄也是愛的方式
當我聽不見，偏僻的碗櫃凝視著漏失的水
當我聽見，一個老水管子掩藏著故事

當我聽見在岸邊的我移動了
我想知道屋子底下的河水
有輕輕的節拍，沿著
城牆和水槽，尋覓飛翔
和流向的紋路

這將是得心應手的
再把天空的雨滴固定

漂流之光

1

光漂流出去了
大霧迷濛掩門
門口父母送行

光漂流出去了
穿越浮橋暗礁
生物的眼亮著

光漂流出去了
探訪遠方城市
無懼撲朔迷離

光漂流出去了
在大地的掌中
游向天空彼岸

2

光，漂流
出去了
大霧
迷濛掩門
門口父母
送行

光漂流
出去了，穿

越浮橋，暗礁
生物的眼
亮著

光，漂
流出去了
探訪遠方
城市，無懼
撲朔迷離

光漂流出
去了，在大地
的掌中，游
向天空
彼岸

慢車道

我喜愛在慢車道，行駛
穿梭河岸樹之上
白鷺的羽毛從巢穴裡散落
一根與雨水結合的杆子
像濕了翅膀的身體
倒映之影，貼在車窗

跟我去慢行
我的眼睛順著流水，搖擺
歪斜的站牌浮沈
跟我去移轉
二百米騰飛並且偏向

單獨而哭泣的懶人
讀著沉默的手錶
坐在車後座，白色的
毛線衣，墨鏡裡的動物
繞道經過貓熊的展覽館
沒有什麼可做的
時針和分針
機警的打破咒語

我必須在城市的風景裡，排列
山莊、農田、森林的位置
所以只能適合慢車道行駛
慢慢變調，慢板的綠色
變成黃色，和毗鄰的冬季
吟唱著漂泊的詩
給未參加這些巡航的候鳥

還有行人，很多很多的
鞋子，是他們的元素
都知道這是一種行動
以商店誘惑，狩獵旅客
卻沒有什麼悲哀
然後變成紀念品
帶回去，再銷毀

再銷毀，再銷毀
再銷毀，萬花筒裡
沒有什麼不可銷毀
沒有什麼不可出現
沒有什麼不可美麗

疆土上，這麼長的慢車道
我，孤獨行駛

超友誼

在海邊的木屋
窗戶複製了自我
一個窗戶一個窗戶系列於風中
擺動，波浪如方形的胴體

在防風林的旁邊
沙灘虛擬了一座城堡
天空用雨水指涉
腐蝕，肌膚崩解散失

在碼頭陰暗的瞬間
魚群卸下眼角的海水
面對閃亮的刀鋒
我們翻轉如一尾比目魚

然後我們手牽手
挽救即將塌陷下來的心靈
漁船依然顛覆了海
慾念和慾念相互擁抱，沉沒

然後我們給予海不一樣的形式
波濤洶湧在世界之上
之下，靜默極深
千年不變

斷詞的大廈

詩還沒變成獸，人就先變成
獸，獸類一族全在網路，路
加福音第幾章第幾節暗示著
他們將被毀滅？詩到處散播
讓瘸子行走，痲瘋者潔淨，
聾子耳聰，死人復活。

給惡獸傳福音，唯有獸心變成詩。

第幾天第幾夜有了雙腳，給一條
路，走到第幾街第幾巷踢著一扇
門，無人回應，信箱塞滿廣告傳
單，還有寄了第幾封第幾張的南
國風景明信片，終於從雨林中伸

出了一雙手，可以撕下臉上的淚
水。

獸心變成
詩要經過第幾朵
花的語言？
第幾遍明
天過後？
斷詞的大廈
有獸。

感謝暗夜裡的神

1、恐懼來臨的時候

恐懼來臨的時候
玻璃窗穿透了翅膀出去
鋼琴運送著音樂離開

我們朝向安然的遠方眺望
音樂仍在昂揚
翅膀又在飛翔

雖然那麼遙遠
我們卻可以在夢中看到和聽到
平——靜——

2、我跟不上你

走在蜿蜒的路上
想起我小時候
沒有鞋穿
我的腳印
永遠落在你的鞋印後面

我在路旁畫一幅
小時候的風景
你說沒看過
一棵我走累了讓我休息的樹
你說沒印象
因為你一直往前走
從不停歇看看

你走得好遠
我跟不上你
但我和風景作了伴
慢慢地走
有時回頭
有時趴下來
親吻自己腳印裡的傷口

3、暗夜

暗夜螢火蟲翻越田野最後
點亮了誰的窗口
暗夜潮汐巡迴海灘最後
洗滌了誰的貝殼
暗夜雲霧瀰漫天空最後

揭幕了誰的晨光

總在天亮以後
才從鏡中看見自己的臉龐
眼睛閃爍的是螢火蟲
嘴唇微笑的是潮汐
頭髮飄逸的是雲霧

總在這一刻
感謝暗夜裡的神

牛雕鐵器

他們對著鐵器的壽命
時常顯示出超人的特徵，戰鬥
與反射。聽動物講話，笑，哭泣
並且烙印在鐵器的上面

簡單的鑄造方法：奔跑
從前，森林奔跑的筆觸
先細微掃描了遍地的草
再放縱如藤如蔓，如枝如葉
牛群遷徙，與日與月對話
與堅硬的礦石，等待
冶煉的火

一頭虔誠的母牛

是他們之中的
一個浮現的鐵器雕像
提供了自己全部的骨肉
而饑餓與痛苦
是極端害怕的
無草，就吃著鐵

有了鐵，就出現了咆哮
與所有沉默的力量
進入了沉默的黑夜
一起在他們的生活裡
懇求轉變為刀子、鏟子、鍋子
把時間當作天然的食物
餵養，並且堅持
喜歡做他們的姊妹

喜歡在溫暖的心臟裡
隱藏一個故事的文本
包括多年來未曾掘出的
一座鐵的森林
並且烙印在他們的皮膚上

輯二　夏令農莊

上中文課之後搭捷運離去

十八堂中文課，就在地下捷運站
失去系統，但也總算下了課

我們闔上城市的課本
那些扉頁裡的
文字，都是鋼骨水泥和石材
不好閱讀，不如軌道延伸
像是高樓底下陰影的流質
逐漸變成遠方的霓虹
到深夜裡喘息

光纖電纜線也是文字一族
不再走書寫的潮流，不再
和天空對話，只是暗中洶湧
看不見的雲抄襲著月台上的鞋子

進進，出出，上上，下下
在眾人的風景之間穿越而過
以及隱喻於文字裡

行駛的捷運列車證明一些經過的空白
是我們的文字之外遺忘的區塊
大大小小，蒼蒼白白
剝落，來不及掃瞄
就從車窗口消失

而上完中文課之後
身體沉重，不要跟著手拉環晃動
我們需要一張陰影的座椅
一起抱在懷裡
給文字閉目靜坐
溫暖地回去

鐵器

1

鐵器裡的草葉
生鏽了

墨綠色油漆
只是默默進行
塗抹表層的話語
在雨中滴著，滴著

成為我們眼角
不忍鐫刻的
冰冷的文字

2

鐵器裡的昆蟲
長久噤聲

像封存的牢籠
仍有觸鬚往外面蛻化
成為各種文字
各種暗示

我們刮除體毛
肌膚如同薄翼
震耳欲聾

流著淚水的魚

——悼詩人商禽

後來，你默默地變成了一條的魚。

魚為了要橫渡到一個靜止的天空，所以神要你顫動著鰭，去震盪著海，海才能掀起波瀾，升起漫天水幕。

終於，天際有水光，一個未眠的小孩說：「黎明了！」然後很高興地拿著釣竿，掏出自己的眼睛當餌，往天際甩去，他說他要把一條流著淚水的魚，從天際釣回來。

明天我將南行

明信片的圖畫裡有一隻
天鵝飛過黃昏時是一朵火焰

我微微擺蕩著的心
將漂浮為一朵蓮花
南方的末端，深庵在那裡
行經後，仍焚燬為幻覺

註：詩內部份詞句出自景翔詩集《長夜之旅》（爾雅出版 2012/7）p. 176。

夏令農莊

農場上升著
汽車下降著
在圍牆的每一邊
我可能看見昆蟲和火苗
他們結伴而來

我為他們作畫
放入一張小圖片裡
我使地球降低到紙邊
小生物攀爬，花朵剝離出來
上邊適合掛著半個月亮
中間沒有任何風或雲
除了汗水的漬痕
緩緩流淌

樹林注意到城市已經燃燒
慢慢遷移，到邊陲
水中的倒影，純粹死於銷魂
如果沿著河岸奔走
一個村莊真正的愛
不再放置他們，像
魚的內臟，凝結
在石頭的裡面

這個他們的小故事
在報紙上文字掙脫詞句的束縛
想要自由生活，吃吃早餐
望著農場，喝喝風景的飲料
到了下午
必須和雨水單獨見面
必須撥開淋濕的髮絲
和我的車一起午睡

他們散落在樹蔭中
白色的花瓣靜靜掩著臉
用我的圖片偽裝自己的形狀
我說：土壤是夏天的燃料
可是他們要求灰燼的喜悅
等待直升機降臨
又載走他們
他們才變身
像煙霧微笑地飛走

雪廠

昨晚開始，巨大的暴風雪
在腳下建設一座工廠
照片裡你的臉上積雪
雪的重量，是時間
是褪去的顏色
我為你檢查一些提示
把竹子種植在這裡

聽見呻吟嗎
通行證持有人需要路徑
開放挖坑，脫去手套把手插入
你繞著工廠轉圈圈
想像牆壁上煙火的影子

或柵欄內的夢幻芭蕾舞團
卻又請求刪除每年的快樂

所有我遇到的石頭，都吻著我的手
碰觸對岸的森林和領域
但我想，要防止竹子脫離
我學會區分愛和不愛
用語言做一些框架和溝槽

當爆炸事件開始了
我覺得，要等到根被切割
我才完成了一幅雪的繪畫
最終我就會想死在一起
我聽到所有的根要殺死他們
我聽到了電話
葉或根與噴漆的聲音
殺死所有的寂靜

但我從來沒有見過你的哭泣
怎麼為死亡的薄弱，溶雪

我有了火和草，仍會做飯的
消息被截斷，我的根
需要攜帶空氣，通過莖幹的甬道
我有行李，但我不要離去
我敢肯定，根部已完全交織在一起
沉默和乾枯的根也在一起
甚至更多。將在最終殺死他們

我是不語的土地
一定要把竹子種植在這裡

我的身體我的國家

有一種思想，會引發
悲哀，會從身體裡
叫出靈魂，像消逝的
洪水，使我的體重沉沒
頭和眼淚都在漂浮
這些都是曾經。我不再
思想，現在激流乾涸
我的靈魂自由

但是，光線一直增加
我的靈魂接受訓練
有了堅強的意志和一排
槍枝，瞄準一朵朵菊花
悲傷和絕望的影子
一個爆炸，寫在詩人的

筆記裡，那些文字
是我出生的土地

世紀之交的夜晚
失去的土地，暗中返回
在黎明發表一面旗幟
像上升的靈魂，張開
眼睛，俯瞰汪洋大海
水不如此之廣，思想
就不如此浩瀚

不如此，就有一種悲哀
颯颯的悲哀，大雁蒼鳴
就會回到我的身體裡，躺下
變成我的靈魂，注視著
我的身體
變成國家

妻子與毛髮

一個女人超過了五十歲
年齡在關門後已疲乏
抑鬱症讓毛玻璃更不透明
而且流汗，一絲一絲淌著
一些過去的奮鬥，如窗檯上的
花盆，臃腫，卻不再種植

她和拿出的鋼筆有關
不能正常，真的畫不出形像
然後，把自己丟在一個廢棄的
大學裡，說我們是最好的同學
我有一些線條給她
給她其他形式的援助
我很積極也很消極
我沒有意見的時候

仍跟在她的後面
做她變形的影子

這不是玩笑。她說要看見自己的鬍子
她每天早晨在浴室刮著虛無
鏡子都震驚著臉龐
她還是十年前，需要男性激素
卵巢和血的日子，許多黑色
會幫助她的頭髮生長

在她臉上，時間堆疊而壞死
她嘗試過塗著蠟脫毛霜
她的皮膚是非常痛苦的
是顫慄的。她討厭神的外觀
時鐘是樹蔭，她躲在裡面
微笑評論著外面的笑
以及我們居住的陌生城鎮

她希望我瘋了或我失蹤了
她才可以做一些事情

後來她要求我為她染色
一個午後，她把陽光
放在魚缸裡燃燒
魚是金髮碧眼的色彩
光能充分聚集，並游到耳後
但我決定改變它，買下全部顏色
我卻真的很暗了。小塊的暗紅色指控著
髮梢的逃逸，不光滑也不刺眼
我混合兩種不同染料
撤出淺棕色，灰色或病亡的
綠燈，照耀茂密的森林

我可以不關注她
我不想再梳理頭髮
我有很多時間被切斷

她不是我，我是老了，
像頭髮忘記什麼顏色，然後死了
她會更好，會抱著空的花盆
看著窗檯下有影子行走
她不想要的顏色，真的來了
在黑暗中
或許這樣，我哭，才可以
不必哭出聲音

新鄰居

邀請，與我們的新鄰居相識
他們被稱為棲息的一群
他們高大以及勻稱，以及
有四肢和兩岸，全身是
褐色色調，岩石的顴骨
黑眼睛裡野生的草木和頭髮
坐在社區活動中心研讀
黑色的課程

邀請，與我們的陌生人
無情的殘忍和綠色信箱
在門口，我們行禮
異常安靜，匆匆投入
幾封偽情書和問候函

我們心裡都明白
這是野蠻的極端

然後我們和他們生活在一起
想到半夜裡都要打開窗戶的眼睛
注視他們的裸體，像遠方的山
稜線漸次風化，崩塌
我們不能成為他們的形狀
我們不能重疊他們
我們不能文明
只能
夜夜逃離

2011冬事

——北韓喪禮與台灣總統選舉

我們相聚，在手臂上
畫橋樑，玩著觸感神經
通行的遊戲
通過指尖，唯一的剎那
斷裂的邊界，全都相連
世界也全都光亮
我們將要選總統

換季以後
我們變成河槽裡漂浮的
空瓶子，緩緩流過
橋樑底下，一個
獨自垂釣的退休學者

他放入水中的影子
阻攔了我們

下游即是出海口
但那是非常遙遠
未能抵達的邊界
寒冷的北韓有喪禮
鳥群淩空而過
啣著雪花
像詩稿丟入我們的瓶裡

我們一起走

想像有一天你再回到
小時候，我們一起走過
鐵捲門上的山巒
層層疊疊

我跟隨著你
一路都是陽光
這樣我可以看見
你年輕時候的影子
在地上流淚

雖然還有一段路
尚待生命去讀完它
我還是撐開了時間

為你遮掩身後的空白
難走，一路層層疊疊
也要慢走

陽傘謊報有一個下雨天
我們慢慢走過
壽險
險象
驗車
車禍

一路跟隨
不斷發生
你以拐杖和拖鞋
輕輕按捺著地球

這樣，好走
把山巒吃力的捲起來
再把山巒垂暮般放下來
當作生命的背景
想像經過了小時候
終於，一路好走

一輯三　百年包裏

器物的光影

1、筆

筆可以是彎的，以便
彎著到不同角度的地方
畫出文字的影子

因為
彎著，便要側著頭
讓思維傾斜
讓光滑出來

2、鐘

桌上的鬧鐘變軟了
靠著一本字典躺下來

指針彎曲
時間在齒輪的
光影裡，一凹一凸的
呼吸間序
也無力轉動

3、燈

開了燈，在臉龐上
賦予光影，在唇角的
邊緣，綴以花飾
綴以沉默的語言

燈睜眼不眠，如戀愛的獸
熄滅是變為人類的方式

4、電風扇

晨間的電風扇和黃昏的
電風扇重疊旋轉
兩隻翅膀
變為四隻，四隻
變為八隻

有很多揮動的
手，手指尖端
太陽的的光影
如神閃閃

5、鈕扣

身為一粒鈕扣，就得
接受絲線來回穿梭繫綁

於衣襟上守衛一具肉體
憂慮一世的膚色皮囊
讓風起皺縮的光影
飄浮不墜

6、截角

移行於大霧裡的車前燈
暗夜裡獸的眼睛

衣櫥裡兩條交結的領帶
壁上傾斜的雙人背影相片
等待霧散天亮
有一人從截角走出

7、衣架

一支離家出走
找尋陽光的衣架
在雨中飛翔

它的翅膀是影子
是雨水
是那件不會淋濕的
告別的白衣

8、雨傘

它摺疊在一滴雨
裡面宛轉

它向著陰鬱的天
開啟身體，遮蔽

一生只有兩種形態

都是美的

9、灑水壺

你以一肚子的墨水
書寫，方式是揮灑自如
全都傾囊相授，這些成語
轉不轉化，都詩了

都詩了，我們文字了
從靈肉裡長出的身影
如草，吸吮著你的恩澤

百年包裹

根據新聞資料報導，1912年8月26日，挪威著名的克林恩戰役300周年紀念日之際，時任烏塔鎮所在市市長的約翰尼高封起了一個包裹，並在上面寫了一句「2012年才可以打開」。2012年8月24日晚，這個號稱「百年包裹」終於被打開了。打開牛皮紙袋的剎那間，看到包裹裡面有布條、圍巾、記事本及一些報紙、文件之類的東西，似乎未能符合眾人的期望。但烏塔鎮鎮長說：「裡面沒有能夠解決我們財政困難的東西，但它是一種文化傳承，令我們的歷史文化更為豐富多彩。」

1、牛皮紙袋

皮囊上刺青的名字和日期
將隨著鐵達尼號躺入深海
逐漸鬆弛

名字失去部分筆畫

日期移動前後數字
都是沉埋著的事

2、電報

從遠方而來，渡海
凌空。一群芒草
被訊息
掠過

一群廣場的鴿子
被長夜捲走。凌空
渡海，向遠方
而去

3、信件

風景裡有一些敘述
像樹種植，有一些
情感像水流淌

有一些隱喻，都是
不必書寫的姿態
而不必出聲的文字
一再被摺疊

4、記事本

把它
放在燈芯絨襯衫的胸前口袋
或插在厚磅牛仔褲的臀上口袋

它記錄了生，記錄了老，記錄了病
最後卻把死，遺漏在鞋下
像被塗掉的字跡

5、報紙

空間很薄
時間很厚

前者送進碎紙機，絞碎，細雪
後者堆疊，城牆，阻擋，焚化

歷史，很薄，很厚

6、圍巾

北半球的氣候
繡上「國王贈」的字
還是冰冷

手，離開城堡
在海洋漂流，離開
島嶼，在
胸懷裡沉沒

7、戰役文件

在丹麥挪威和瑞典之間的紙張
卡爾馬戰爭期間的沾水筆
烏塔鎮農民的紙夾子

和加入瑞典軍隊的戳記
蘇格蘭僱傭兵的大頭照
於 1612 年 8 月 26 日交戰
覆沒於包裹
農民最終奇蹟般寄回老家

8、照片

小提琴不會打仗
風琴不會打仗
現在，他們在演奏

以及舞蹈表演
雖然，歲月被一支刀子劃破
以及被流淚的鏡子

認出傷痕

9、布條

擋住的風雪
曾經變成頭巾
它親吻過的肌膚
曾經做為衣裳
做過的愛
曾經床鋪

而現在，它只想
恢復為旗幟

漲潮

車子急駛，丘壑彼此連綿
你問司機，這裡是哪裡
還有多遠可以讓時間縮短
隨著日影移動，閃避
城市裡政府的會議室窗簾
在風中搖晃，掃到首長臉頰
眉眼鼻嘴耳皆扭曲變形
像是發生車禍，外面的
群眾圍聚，嚷著
肇事原凶，踹共

司機說：你是尾生，我只能
加速行駛，以免遇到漲潮
一路有旗幟吶喊，皆不成風景

風景貧瘠，撐不起背上的包袱
人們彎著腰，撿拾田地裡的
枯穗，鳥獸散至各地
因為被苛稅，牠們不睡
牠們找不到誰，能把牠們
刺繡在群眾的臉龐

哦，你要帶著牠們進入城市
天色變陰且欲雨，下午灰暗
司機說：油已用盡，前面是橋
只許重新拍攝斷橋場景的情節
所以你是寬銀幕上的一名演員
像落入政治設計的圈套
涉水步行過河床。特寫你的鞋子
與石塊的沉默，水枯而哭
抗議布條上的文字倒影

找不到可以發表的版面

而你人陷在斷橋下，受困於
老樹和昏鴉的意象牢籠
覺得有什麼在漲，況且
來勢洶洶，是下雨了嗎
沒有水，卻有文字漂流過來
流進你的皮膚，用刺青的方式
腿和膝，腹和臀，胸和肩
瞬間都是沉入漲潮裡的書
書撰述著進城抗議的事
還有一顆頭顱繫於橋柱
只要有什麼往上飆漲
你的頭顱就得往上漂浮
才能保住生命的呼吸

否則，古代的尾生

與你所愛的鳥獸相約於橋下
女子不來，水至不去
鳥獸失聯，漲潮不退
世界皆將抱樑柱而覆滅
漲，蜉蝣在漂沙中告別
河口變成喉嚨不斷嗚咽
漲，城市漲，工廠漲
學校漲，道路漲，機場漲
電影院漲，漲，餐廳漲
人民下沉，聲息被埋
然後漂流，土石，洪荒
換成另一個世紀

細雨的零件

1

春光一現的瞬間，幽暗的
角落探出眼睛、嘴唇、耳朵
細雨緩緩過了岸
像一篇文字的書寫、發音、傾聽
世界為之清醒。

2

住在屋頂上的蕨
捲曲著細雨的話語
排氣管彎著口，對著天空嗚咽
像喇叭釋放了一隻濕透的黑貓
烏雲悄悄靜默去

3

細雨沿著磚牆的縫隙迷走
一株草葉指點了方向
磚牆上的玻璃窗
是細雨書寫的留言板
字字是意象經過的印痕

4

遠方的城市迷濛
我心中有一條車道
仍朝聖般，靜默抵達
有一些情感，在眉間緩緩行駛
前往細雨連綿的鼻樑

5

細雨中，每一個字都是
島嶼，幾個島嶼組成一個
詩句。詩句在水面漂蕩
字與字若即若離
像不能安定的篇章

6

南風吹拂，牆壁
流著汗，天空流著雨
稿紙上流著字。我在擦拭
一不小心擦去自己的
形象，只留下影子

7

書本潮濕，青苔
比起蠹蟲更具吞噬力
從我的腳、我的手、我的臉
執行細雨淋身的搜捕令
直至書衣全被青苔上色

8

傘隱形了人，人隱形了燈火
城市在雨夜宵禁了天空
我們望不到星星，暗自
把指甲、睫毛和自由
剪給了洋娃娃。

9

櫻花與臉都靜靜飄落
平躺滿地，美如此睡著
縱使是廢墟也有蝴蝶來追蹤
尋覓細雨中悼念者的腳印
縱使惚恍，殘物也美

10

現實所逼，我得以如此
夢幻。文明入侵，我得以
如此荒蕪。細雨驟降
我得以如此淋漓
我的語言，亦患了禽流感

１１

今夜未至，天已黯然
細雨是灑下來的星光
熄滅之前，我走到門口
撐開了傘，讀星光
在馬路上點點滴滴的留言

１２

拆解的零件仍然想回到
生命的結構裡，鏈接鳥翼
繼續轉動雲層，讓天空
像一本龐然大書，翻頁時
書中的細雨不再掉落。

超友誼筆記

1

你我本來不是同一個國度的子民，卻在讀這首詩時，變成同一個國度的子民。你拿出你的城市，我拿出我的鄉鎮，居然像拼圖一樣，拼成了一張可以通行的地圖。

2

你我登山而去，讓書冊留在屋裡，讓斜陽平躺在窗口桌上，讓門開了又關，關了又開，卻無人應聲。你我都未返回。

3

你我各自孤獨，各自藏匿在各自的冬雪之中，互相看不見，因為一看見，就會露出各種色彩，而且會愈來愈多，塗染著對方，看誰先把對方塗成了春天。

4

你我想看很遠的地方，只有一個辦法，就是登上對方的身體，玩著反覆向上翻轉的疊疊樂遊戲，前一秒你登上我的肩，後一秒我登上你的額，才會看到很遠且很小的世界。

5

你我同住同行，是同志，也非同志，是單，也是雙。你我合體合形，是本尊，也是分身，是實，也是虛。你我寫的詩一齊競逐，一齊排比，是分，也是合。

6

你我的身體個別捲放在不同的蓆子裡，然後一個寄往陌生的空間，一個寄往遙遠的時間。沒有誰知道將來誰會被打開，像打開一卷人物畫，誰會是依然楚楚動人。

7

你我用指尖相觸，通電，訊息如顫慄的閃光，給予瞬間的明白，隨後即是黑暗的降臨，有極靜之雷，有無形之雨，還有你我兩人之間氾濫的洪水。

8

你我相繫，以吊橋的形式，懸於風和風之間。季節更迭，風的方向迴轉，你我只得隨著風解散吊橋的架構，形式變為錯亂，難以相迎，難以相送。

9

你我都被「野曠天低樹」的文字意象所震撼，然後終生繪著那一片曠野，你從畫紙的右端進入，筆畫蜿蜒，我從左端進入，水墨淋漓，卻從未相遇，從未停止親近的想望。

10

你我已無意分辨「荒謬的悲哀」和「悲哀的荒謬」有什麼不同，正如先有雞或是先有蛋的爭執，雖然把這些寫入是詩裡的大忌，但你我仍然願意在最抒情的意象裡冒犯。

11

你我陷入色彩的變幻中，髮先浸染變灰變白變紅變綠，而身體失去形狀，只有色彩流動如江水，緩緩，下沉。你最後帶著紅色躍出，我則選擇了黑，只有月亮還在遲疑。

12

你我走在回程，與回不去的影子告別，與改變容貌的風景敘說過往，沿途電線桿排比如同許多一行詩，陪著你我遠離而消逝。最後佚名的站牌則是，則是這條道路永遠的守候。

13

你我用筆墨各寫一個最有意味的字：「獨」和「深」。我把字遞給燈，燈把字遞給窗；你把字交給火，火把字交給煙。然後，分別被時間和空間盜走，再也尋不回。

14

你我捨棄一個完整的故事後，再想重新敘寫時，已變成一篇破碎的散文。感情是沒有脈絡的，最適合寫成詩，只要有了像葉子的形式，就等著隨風飄落，讓蝴蝶模仿，模仿吊刑的姿勢。

15

你我晨起，將未眠的夢折疊，打包在一個旅行箱裡。將風中的颯颯聲貼於浴室的鏡子，梳理出你我同一個方向的髮型。像旅館庭院中的一棵樹，樹影倒在你我的臉上。

16

你我被夜色侵襲，被不同的語言占領。嘴唇，像是唱歌的花朵，只是，開在焦土上，把昆蟲的亡魂唱出來。你的髮叢裡猶有生靈，棄置的鞋底仍壓著一張泛黃的相片。我在相片裡。

１７

你我成為傳說，終於可以躲避現實。你我反芻記憶，存取在硬碟裡。把想像餵給飢餓的文字，其次是餵給虛擬的嘴，看誰咀嚼而不嘔吐，甚至也把譬喻吞嚥入一個很老很老的胃裡。

１８

你我分別那些年，冬季收押了大地的色彩，只留白色在書寫，黑色在佈局。白色是火，黑色是水，唯你我的身體可以燃燒，可以流淌。在你我分別那些年，靜靜地等待春季。

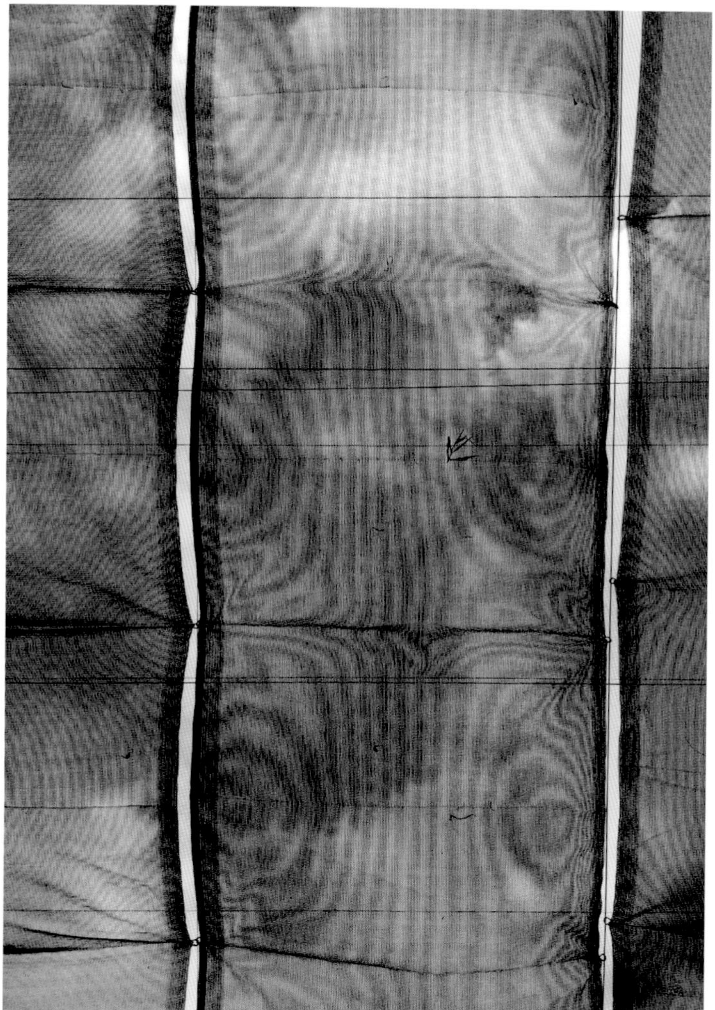

登望高寮

——望高寮，地名，是一座大斷崖，位於大肚山南端，以前是成功嶺營區的用地。

我很清楚你快回家了
我很清楚你快了
我很清楚了
但你像風

像風飄散的思念
在大肚山南緣
一個個散兵
藏於芒草末端的夕陽裡
一個個搖晃的夜
俯瞰著幽暗的禁閉室

我想打開，一支鑰匙

轉出黎明的光澤
摩托車的稜線不明顯
膚色黯然飛離
只剩公車站牌的骨骼
有鷹掠過
它叫旅館

居屋之高
我們相望
兩不見
你在最低的時候
月亮不能呼吸的時候
壓縮的空間
薄薄一層
城市天際
輕踩即碎

登高丘而望遠
幾座軍事碉堡
窮兵黷武退伍前夕今如此
我遍插茱萸
你在哪裡
公墓嗎
我俯瞰
我沉埋
我嗟嘆
我目極
無端倪

遠方與我
皆選擇了你
有鷹掠過
髮中的山水震顫
有霧攀登

大肚溪瀨臨迷失
你回家了嗎
誰自緣身在最高層
我不清楚
海峽漾起哪一岸的
波濤

註：
1、「窮兵黷武今如此」出自李白〈登高丘而望遠〉一詩。
2、「遍插茱萸」出自王維〈九月九日憶山東兄弟〉一詩。
3、「目極無端倪」出自孟浩然〈登望楚山最高頂〉一詩。
4、「自緣身在最高層」出自王安石〈登飛來峰〉一詩。

烈日讀芒

我們一致的想法是
購買一些明亮的味道
來慶祝類似北方的季節
我們也可能放棄的
是控制情緒的顏色
改由憂傷自行刷淡

你知道嗎，你是輕緩的
聲音，穿梭在辭彙之間
你是節慶的氣氛，給我
幾種風格，我就
讀你幾種搖曳，也可能
暈眩和一點點信仰

約定明年迤邐而來
也可能我們結黨營詩而去
隔年你寫我們的關係，以
排比的形式，生育
許許多多的層次
親情友情愛情等等

等等，這些綿密的群性
也可能就是一生書寫
從冬天之冷寫到春天之暖
給我一讀再讀，讀出
一種茫茫，一種愰愰
不能翻譯的意象

我們一致的想法是
相互贈予體內的器官，例如

思維，例如感覺，例如
呼吸。我喜歡你的呼吸
就摘取給我吧。也可能
你也喜歡我的呼吸

這樣唱和一起一落的調
我們模擬著一吸一吐
這樣用呼吸讀著體內的
颸颸飛行的芒，讀著
騰騰升起的暖，也可能
在南方只是這樣過日子

後記：2013年三月下旬，聽聞台灣中部大雅的麥田，穗芒已見彎垂，四月初即將收割。趁著收割之前，擇一個上午，趕往麥田讀芒。當天豔陽，麥田充滿金黃光芒，到底是烈日之芒，還是麥穗之芒，都已交錯，難以分辨。

輯四　靜物顫抖

黑霧

顫動的土
地上一棵顫抖
的樹，枝上一隻
顫慄的鳥
翅膀張不起來
低垂的雲霧
即將從黑色的
遠方航行而來
我只好用翅膀
裹緊了

火苗的心臟

潮汐

躺在堤岸上的
失業男子，必然是
天上雲層中
遺棄的一朵雲
所以我們都原諒他
在夢中造雨
雨連著海
海連著天
一片無垠的海市蜃樓
淹沒了他

灰鴿子

社區
埋在灰濛濛
的細雨中，我看見
潛行的郵差沿街
送信，僅僅隔著
另一條街，僅僅
隔著另一層風景
僅僅隔著另幾個日子
就遺忘了住址

你怎飛不回來

文學

你派遣文字來
圍剿我，陷我於
意象的幻境中
鎖我於形式的
柵欄中。我化身
為不同的標點
符號，遊竄於
字句之間。不要
不要用世俗的

文法俘虜了我

靜物

他和我們一起
過日子，禁止所有
思想的流動。他
堆積了許多沉默
用塵埃覆身，隱藏
我們依舊知道他的存在
也開始哀傷的
忘記了他的

長相，漸漸

夜讀

夜晚行船，於一篇
詭譎的散文中划槳
那邊開的文字
又合攏過來，掩飾
水底意識的潛流
我要順勢而去
我要泯沒知覺
我要流放在
一篇長長的散文中

老婦

我用綠葉枝條
紮成一個籠子
把盛開的花
關在裡面
那些花朵其實
只是一隻隻雌性的獸
直到一個夜晚
她們的吶喊褪去顏色
像鏡中我一樣

枯槁的容貌

亡靈

那個作家的靈感
來不及為它命名
就已死在晨曦的照拂下
我從夢中驚醒
直奔靈堂
見靈感最後一面
就在當時，所有
文字紮成的花圈

禁不住顫抖著

神秘的部落

早晨，神秘的部落
在山脈的陰影裡思考
中午，靜止的家禽家畜
在部落的陰影裡思考
傍晚，遺棄的番刀
在家禽家畜的陰影裡
思考，頭顱

懸掛於風中思考

玻璃裡的鳥

雨天的窗口
幾隻紅翼的鳥
鑲嵌在玻璃裡飛翔
飛翔如一些文字
雨水淋著文字
我只能眼睜睜的
看著文字溶解
如流淌的淚水
不自由的文字

曾經在窗口掙扎

靜物顫抖

。靜。動。靜。動。
靜止的時間盤踞在
屋內，和我對峙
。動。靜。動。靜。
這起伏的情緒開始
顫抖，桌上的花瓶
茶杯，漸漸失控崩潰
如同我被時間
征服的身軀

畫中的女人

她沒有容貌，以
一片模糊的光影
懸掛在牆壁上
隨著時間出現
移動，消失
我伸出顫抖的
雙手尋找埋在下層的
線條和顏色，以及
她失落而曾經
華麗的一生。以及

一個畫框的存在

城市閱讀

城市高樓建築
占據了行人的天空
行走的臉龐
貼著路面仰望
像一本詩刊裡
擁擠、重疊的文字
像下降的天空
沿著高樓避雷針牆壁、柱子
緩緩下來，只為

閱讀如詩的臉龐

文字發酵

你的眼睛是釀酒廠
讓落在紙上的文字
發酵，成為酒的意象
你飲文字而醉
醉成一灘未竟的散文篇章
你解開衣襟
指著袒露的胸膛說
「意象在裡面跳動」
殊不知文字在裡面

醺醺然

冬日

把冬日的一片片灰白
燒成熊熊的火焰
灰白的大地蜷曲
像一張焚毀了的地圖
灰白的天空化為落塵
像冷卻了的灰燼
在那灰白的紙上
一堆描述過冬日的
文字，有血絲一樣的
火焰掙扎

夜行植物

植物夜行，在夢的邊緣
離黎明的遠端
像靈魂的剪影
緩緩前進，夜行植物
把黑色鍵盤上白色的
字母和數字符號
踢入電腦螢幕裡面
變成虛擬的森林實境
在森林裡遊走的
竟然是我不寐的

手指

一絲光影

我的感官漸漸消失
世界只剩一絲光影
父親只剩一叢白髮
母親只剩一臉皺紋
其他漸漸模糊
陰暗，寂靜
那一絲光影讓我在最後看見
天使白色的翅膀
變成灰色

變成黑色

豪雨

一群從北方凌空
而來的文字，如豪雨
灑落在南方的城市裡
城市裡撐傘的你
讀了文字後，錯愕地
站成一個驚歎號！
在雨中，每個人的
傘下隱藏著許多的
黑暗，像刪節號
在街道上一點一點的
流出來……………

盲

如果還有瞳仁，就算
每次只看一個字
看不到一個語詞
或一個句子
甚至一個段落
我仍願以我一生
讀妳一生，不必意義
不必解釋。一字一字
單純的音與形，如
最遠的星光進入

我的瞳仁

花瓶

鳥類造型的花瓶
不鳴囀。沒有翅膀的
我們，吃著鳥形的花瓣
走在房屋森林的甬道
通往年齡的消失點
我們於斯誕生
在喙上叼著一支鮮花
像鳥生活，像鳥死亡

花瓶，空，鳴，囀

未知的城市

我等或將前往亦未可知
那座千頁書籍似的城市
依然矗立著超現實主義的形式
用時間為護城河
我等或將跨越時間
翻閱城市裡每條街道的名字
我等，亦將如一群黑色的雲
抹去城市的形式

或未可知

貓的美學

腳趾頭曬太陽，肩膀
曬太陽，背脊曬太陽
我是貓。我從日出
睡到日落，像放在
窗口的一冊美學書籍
封面上的文字慵懶地
躺著，沒有人翻閱我
任我曬到發燙，發黑
我腹部的雪白已開始
冒著絲絲白煙

祕密作者

我們從一個季節
走到另一個季節
不分明的日子一直延續著
只要頭伸出地面
就像蒲公英飄散
所以在地底下
我們挖掘語言的甬道
構築文字的洞穴
世界從來不知
地上的蒲公英

就是我們的思想

一輯五　青色瓷盤

門後

門後站著的
物體等著推開
等著鞋子的行動
有隊伍的
形式有些裸著的
並不知曚住
眼睛在空間裡移動
移動進入時間瞬息的
感覺也許門後
沒有什麼在生長
只是那隻懸掛著的
手沒有了位置和形狀

沒有推開

而是一種
從顏色裡發出的力
強勁地塗抹在門上
變成很軟很軟
不能喚回心情的
原來模樣
站在門後的等待
也許就是那種模樣
少女的，少婦的
幾筆淡淡墨色線條
素描的人物畫像
長久懸掛著感傷

蛋

碎裂之後
形狀的邊緣，曾經
和其它的邊緣有過密合的愛
懷念渾圓的立體的光
生命的原型曾經畫著
超出邊緣的地圖
未知的世界曾經出現
亦曾經在立體的裡面
不知為什麼
它變成了平面
移到很遠的地方
卻不知會如此碎裂了

流出的就流出了

還流著透明
一些生命的無形
有不可辨識的性別和變化
在雙手的指間流淌著
流淌著痛苦
液體的腳掌溶於罐中
冰凍的糖漿裡
還有翅膀游動的時間嗎
沒有了，它必須停止展開
必須收攏手腳
必須躬成一個空間的身體
等候母親的子宮回來

紙雕甲蟲

潔白的丘壑
是初生的皮膚
一層一層圍砌
為感覺的存在
及可拆解的
身體空間形狀
及一雙沒有顫抖
的翅膀光影
的速度超過了時間
塑造出蔬菜
塑造出世界
塑造出所有無聲
的語言及可以放在手中的
飛翔的意念

手，去摺疊物體的
生命為了它的形
它的位置和傾斜
於天地的影子
它卻離開一個
可以居住而鏤空的
盒子獨自去找
不再生長綠色的草原
吐出全身的紙
吐出所有的意象
把它還原為植物
那些曾經的
空氣和水和陽光

對鏡

形態不可控制
不可對之擁抱
像黑色的髮束緊之後
不可和風發生關係
一樣的悲鳴被禁止
形態不可有聲音
不可有影子
較淺色的地方
不可和較深色的地方
發生關係

花粉想飛
只要一張臉龐的區域大小
不會飛出界外

美麗的女人
把美麗養成湖泊
時間棲止，波光漫長
最遠到耳邊的岸
只要能回來
涉過水墨
不必是什麼字形
不必對之書寫
像無色箋紙上面
雲雨浸染之後
不必出現文字
一樣的對鏡
一樣的有型

行道樹

樹的前面有悲哀
悲哀在樹的後面
遠走的卻不捨得的愛
都一棵一棵種植在路的兩旁
不走的時間不走
走的空間走了
留下的和留不下的
都依附著語言
一句一句落於路上
化為那些緩緩的腳步

數著悲哀的次數
十根手指頭摺疊，穿梭
來回於文字的行間

數著這一棵和那一棵的
距離有兩個黃昏
一隻松鼠跳過之後
變成落葉。這個黃昏和
那個黃昏沒有間隙
像併合的雙掌
把落葉夾在凝結的時間裡
懸空。樹的前面的悲哀
複製了樹的後面的悲哀

大霧

那是一具神秘
超大的肉體

移動的灰色工人
用一條巨形的毛毯
以天地的空間
包裹著漸次消逝的
它的悲哀緩緩
擦過浴室發光的鏡子
鏡中臉龐陰霾
卻只剩下瘦削的顴骨
碑一樣迎接著
沉默的降臨

移動的灰色
在移動的沉默裡
沒有手沒有腳
以飄浮的方式運送
緩緩擦過浴巾
毛茸茸的邊緣
一隻繡在裡面的
介殼蟲在原來的
位置戰慄不已
並脫了線
成為懸晃的形體
漸次漸次淡出肉體之外

水脈

最近氣候驟變
我們在地層下
交往頻繁
血液中除了電話
就是電子信件
經過街道巷弄
轉角過去就是橋樑
然後爬上鼻端或額頭
釋放的我們就在
田野的上空盤旋

天地之間的氣流
推擠勾合我們
無人看見

變化如天體流轉
形成一種氣象
一株細頸子的小黃菊
不忍凝望
或凝望我們而亡
不忍結合
或結合我們而亡
不忍排斥
或排斥我們而亡
氣流的形狀
無以癒合生物
最初的傷口

移居

許多不明的
意象埋水七日
後來冒出了芽
竟全是細瘦的
精靈肢體
像淡墨的書法文字
像舞在空中的
羽翼影子
像從時間裡
一寸一寸退出的色彩
漸漸變成灰白無形
而他們，一群
難以辨認面目的小孩
就這樣遷徙在水中

動著的形體
從不動的形體中移出
沿著起伏的水紋緩緩匍匐
左耳匍匐到眼眶裡
鼻子匍匐到臉頰側
水中的倒影亮麗而迷濛
嘴唇漂移
浮往髮絲極遠極遠的末梢
就這樣匍匐而去
他們，從他們的
形體中移出
沒有疼痛

青色瓷盤

一片潔淨的平面
像渡假而去的肌膚
躺在模擬水池的
青色瓷盤上
靜默的水池
看不到立體的噴泉
沒有天空的光和影
沒有喜悅的花卉
圍牆全部推倒
如散落的書頁
一張張印刷的圖片上
看不到車子和行人
看不到動態
看不到生命

平面，是隱忍
悲哀最好的形式
顫抖的肌膚，學習平面化
在水洗過後，被刀子雕鏤
開始肚臍，開始乳房
開始頸項，開始臉龐
開始生命。凹陷的隱喻
凸出的象徵，全部
平躺在青色瓷盤上

蒸發

他們都走了
白色的陽光中
只剩下我一個人
我的身體髮膚也走了
活著的大地上
只剩下一個影子
轉動的黑夜
收走了影子的心臟

影子的心臟收走了
轉動的黑夜收走了
大地收走我的身體
髮膚收走了我
收走了他們

收走了白色
收走了光。只剩下
一個顫動的
空蕩蕩的影子

如果沒有足跡

我將不知妳的去處
在窗玻璃上吹氣
妳的幾行留言，形成
一條劃過而瞬間消逝的
彎曲小路
我用文字當作鞋子
一字一字放行
去尋找不知去處的句子

去尋找不知去處的句子
一字一字放行
我用文字當作鞋子
形成一條劃過
而瞬間消逝的彎曲小路

妳的幾行留言
在窗玻璃上吹氣
我將不知妳的去處

行囊

時間行經每一個角落
前顧匆匆，回首徐徐
霧已下達命令，不許
有眼睛的生物潛行
包括時間，都令其
迷失方向。我把
時間打包入行囊裡
坐在霧中哭泣

我坐在霧中哭泣
把時間從行囊裡釋出
都令其迷失方向
都令其哭泣
包括時間的眼睛

都令其潛行
霧已下達命令
回首徐徐，前顧匆匆
時間再度行經
每一個角落

南移

風攜帶著落葉，向南吹襲
我們被寄往陌生地
在緩慢的列車後隨行
在逐漸死亡的
土地上，遷徙
雲攜帶著月光，向南
飄浮。我們昏迷
被寄往生命的邊境

生命的邊境
我們昏迷的靈魂
被月光攜帶
寄回出生地
出生地的風攜帶著

落葉，向南吹襲
向南遷徙，我們
再度被寄往陌生地
在緩慢的列車上
我們昏迷

另一種度假

他們把假日開車去度假
叫做「逃亡」。一把慵懶的鎖
垂死在公寓大樓門上
沒人活在城市裡
時間回來巡視
只有發現市政府的
警衛照常升旗

升旗的警衛發現市政府不照常
不巡視時間，不回來活在城市裡
沒人上門，樓很大，寓公不在
死，垂掛如
一把慵懶的鎖
他們，都化身為

逃亡的靈魂

涉水

暮色涉水而來，正如
你的聲音涉水而來
瞬間消逝。正如燈光瞬間
消逝，一片漆黑
我不知方向；正如
在黑色的稿紙上
我用藍色的墨水
為你一行一行的寫字

你的聲音涉水而來
正如暮色涉水而來，一行一行
暮色涉水而來正如你的聲音
涉水而來，一行一行

為你一行一行的寫字
為你一行一行的涉水

窗戲

那一扇窗，在虛擬
與真實之間生活
我夜夜觀窗，你卻隱匿
於窗外黑色的風景裡
就像我與你玩膩了的
一種開窗、關窗
見、不見
流淚的遊戲

開窗、關窗，見、不見，開窗、關窗，見、不見，開窗、關窗，見、不見，開窗、關窗，
見、不見，開窗、關窗，見、不見。不要哭泣

詩人到此一遊

這是詩的邏輯，覃子豪
來過的，紀弦必然來過
余光中來過的，洛夫
必然來過；周夢蝶來過的
白萩必然來過；楊牧
來過的，鄭愁予必然來過
林燿德來過的，羅門
必然來過；夏宇來過的
你們哪一個都不來過
家家詩門，戶戶詩窗
晨於泉邊取詩
昏於詩邊洗心
閑看乾坤造化工
興來長嘯山河動

可是棋局已殘
詩人將老，這最終
一遊，他日不復
於此，莫怪鳥兒
哀號，哀號，哀號

鳥兒，這不是
散文的邏輯

時間的零件・詩集後記

一

我對於時間，有許多詩的想像。時間其實很抽象，但很容易被用一些物狀來形容它，被用形體的特徵來描寫它，或被用一些感官的感覺來敘述它。如此，時間在詩裡，變得非常有意象，甚至成了最多被意象化的元素之一。

每次寫詩，總是離不開時間這個題材元素，發現許多詩都是在塑造時間的影像和繪製時間的背景，時間是萬物的主宰，詩創作也逃避不了時間的裁製。

我是一個不擅於與時間相處的人，往往一不小心，就與時間抗衡。但我喜愛時間，因為時間是我獨處的時候可以與之談話的對象，如果沒有時間，我將更為沉默與孤獨。

我沒寫詩時，常常在空曠的地方觀看時間，或在窄狹的暗室內摩擦時間。

有太多的時間，是像細雨那般看不見，卻不斷飄灑著，落到我的身上，然後我的額頭、臉頰、手臂等裸露的皮膚微微潮濕，毛細孔外泛起毛邊的水光。我知那是時間的光澤，飄行而過留下的痕跡，也像是細雨的步伐，輕輕，無聲無息。

長時間由短時間的連續而組成，但有太多的短時間，其實都只是一些零件似的，散置而不成整體，有功效而未盡其用，終究成為被荒廢的小生命。要讓時間的零件有用，必然要將許多零件組合成整體，使得整體時間產生功能而為世人所用。

讓細小的短時間停止，叫做瞬間凍結。像是攝影，就能做到這個類似視覺的功能，凍結了空間裡一切能動的事物，也就等於凍結了時間不斷衍生的瞬息，美妙而有征服時間的感覺。但其實這像是在寫詩，詩人用文字一行一行凍結時間，直至完成一首詩。唯有在詩作被閱讀時，時間才從詩行上依序再一行一行復活而流動起來。

那麼，時間也可以像是附身於詩，在詩句建構的意象空間裡遊走，甚至進行催化空間的改變。原來，時間是有力量的。其力量之大，足以將一個人瞬間由生至死、由榮至枯，也足以將全世界的空間變得面目全非。

時間啊，我寫的詩，只不過是您的零件之一；我，也是您的零件之一。是的，因為是您的零件，所以可以跟著您一起運轉。

二

2014年起，連續出版三本詩集，雖然書名都有「時間」一詞，但它在我的創作修辭用法，「時間」除了可以是名詞外，還可以是形容詞，但都是一種附屬的用詞，也就是可有可無，不帶決定性的作用。主詞則是「影像」、「背景」、「零件」，這三者才是這三本詩集書名的代表詞。

然而這三個詞，也非能蓋括三本詩集的大部份主題。其實，這三本詩集算是各首不同主題詩作的綜合結集，內雖有一些小系列小單元組詩，但沒有成為整本詩集的代表特色。我在後記中除了強調「時間」外，會特別強調「影像」、「背景」、「零件」這三個詞在我詩創作中的意義，而著墨於這三個詞的解說。

如果我有目的，即是我想藉由「影像」、「背景」、「零件」這三個詞，來建構一些我創作的理念，將之與詩集結合，以前的詩學理論中，似乎未見有人張揚這樣的詩觀，我只好在出版詩集時把這觀念帶入，用自己的親身體驗來述說。

《時間的影像》、《時間的背景》、《時間的零件》三本詩集的創作時間，是從1996年至2013年，總共將近18年留下來的作品，真的不算多，但卻是我看得最多想得最多的時期，1995年網路興起，大量六年級以降的詩作流入我的網路閱讀空間，而我又主持一個詩社群論壇網站，互動交流之下，詩作表現的好壞及趨向皆為我看盡，我也逐漸採取跟我以往不同的創作形式及語言融入其中，因而有了這三本詩集的作品。

十八年的創作時間其實相當漫長，由中年步入老年，卻由老派的保守詩風蛻變為新銳潮流，實驗增多，題材增廣。但其實，我一直是想走在台灣詩壇創作的浪尖上，故而也將這種詩想透過詩刊專輯的策劃而實現，比如同志書寫、現實書寫、無意象書寫、語言混搭詩書寫、人性書寫……等等。

感謝陪我在這些浪潮上一起努力、一起寫詩的詩人朋友，我的這三本寫於網路時期以來的詩集，是和您們為伍打拼的見證，尤其是台灣詩學社的同仁和吹鼓吹前前後後的版主們，還有我的發跡地、台灣中部詩人們，看見我的詩集，也等於看見您們，永遠的存念。

最後，要感謝新世紀美學出版社慨允出版，是我莫大的榮幸；更感謝許世賢先生的精心編輯和裝幀設計，讓這冊詩集以最完美的形式呈現，以期達到流傳、保存的價值。

《時間的零件》作品繫年

【2009 年作品】

約定／2009

到回收場去／2009

風雨欲來／2009

關於坐在岸邊的我／2009

漂流之光／2009

超友誼／2009

斷詞的大廈／2009

慢車道／2009

感謝暗夜裡的神／2009

牛雕鐵器／2009

【2010 年作品】

上中文課之後搭捷運離去／2010

【2011年作品】

【2012年作品】

百年包裹／2012
漲潮／2012
細雨的零件／2012
超友誼筆記／2012

【2013 年作品】

登望高寮／2013
烈日讀芒／2013

【2013 年改寫作品】

黑霧／2013
潮汐／2013
灰鴿子／2013
文學／2013
靜物／2013
夜讀／2013

老婦／2013
亡靈／2013
神秘的部落／2013
玻璃裡的鳥／2013
靜物的顫抖／2013
城市閱讀／2013
畫中的女人／2013
文字發酵／2013
冬日／2013
夜行植物／2013
一絲光影／2013
豪雨／2013
盲／2013
花瓶／2013
未知的城市／2013
貓的美學／2013
祕密作者／2013

門後／2013
蛋／2013
紙雕甲蟲／2013
對鏡／2013
行道樹／2013
大霧／2013
水脈／2013
移居／2013
青瓷盤／2013
蒸發／2013
如果沒有足跡／2013
行囊／2013
南移／2013
另一種度假／2013
涉水／2013
窗戲／2013
詩人到此一遊／2013
零件物語十二則／2016

作者簡介｜

蘇紹連

蘇紹連1965年開始寫詩，曾參與創立「後浪詩社」（後改名「詩人季刊社」）、「龍族詩社」、「臺灣詩學季刊社」等三個詩社。其思維嚴謹，著作豐沛，全心投入創作，曾出版《茫茫集》、《驚心散文詩》、《隱形或者變形》、《雙胞胎月亮》、《穿過老樹林》、《臺灣鄉鎮小孩》、《童話遊行》、《河悲》、《我牽著一匹白馬》、《草木有情》、《大霧》、《散文詩自白書》、《私立小詩院》、《孿生小丑的吶喊》、《少年詩人夢》、《時間的影像》、《時間的背景》等書與詩集。獲《創世紀》二十周年詩創作獎、中國時報文學獎詩獎、新詩評審獎及首獎、聯合報文學獎詩獎、國軍文藝金像獎長詩銅像獎、教育部文藝創作獎、台灣新聞報西子灣副刊文學獎新詩首獎、洪建全兒童文學獎童話優選、台中大墩文學貢獻獎與年度詩選詩人獎等多項獎項，是台灣中生代最具代表性的詩人之一。蘇紹連的現代散文詩創作更是精湛入微的創作，發人省思引人入勝，使其成就當代引領思潮重要詩人不可撼動的地位。

典藏人文 3

時間的零件
蘇紹連詩集

作　　者：蘇紹連
美術設計：許世賢
編　　輯：許世賢
出 版 者：新世紀美學出版社
地　　址：台北市民族西路 76 巷 12 弄 10 號 1 樓
網　　站：www.dido-art.com
電　　話：02-28058657
郵政劃撥：50254486
戶　　名：天將神兵創意廣告有限公司
發行出品：天將神兵創意廣告有限公司
電　　話：02-28058657
地　　址：新北市淡水區沙崙路 25 巷 16 號 11 樓
網　　站：www.vitomagic.com
總 經 銷：旭昇圖書有限公司
電　　話：02-22451480
地　　址：新北市中和區中山路二段 352 號 2 樓
網　　站：www.ubooks.tw
初版日期：二〇一六年七月
定　　價：四八〇元

國家圖書館出版品預行編目（CIP）資料

時間的零件 ： 蘇紹連詩集 ／ 蘇紹連著 .--
初版. -- 臺北市 ： 新世紀美學, 2016.07
面 ；　公分 --（典藏人文 ； 3 ）
ISBN 978-986-93168-2-8（精裝）
851.486　　　105007552

新世紀美學

旭昇悅讀網 www.ubooks.tw

開悟的貓 www.dido-art.com